イヴォンヌのうた

石邉綾子歌集

Ayako Ishibe

イヴォンヌのうた＊目　次

第五章　ダ・カーポ

石逿綾子歌集

イヴォンヌのうた

第一章　フィーネ

グレコの夜に積もる

かなしみは私だけではないのだと少し歪んだ満月の夜

野葡萄のしずくに濡れる亡き骸を抱くかきみの愛した人の

昨夜まで許せなかったフレーズがブラのレースにもつれて落ちる

指先はウィと描けり後悔も不条理もない君の背中に

寂しさと背中合わせのすき間埋め寝返りを打つ自由それから

北窓に映してみれば後悔もムーランルージュのライトに滲む

背伸びしてわかったようなふりをするグレコの夜に音符が積もる

フィーネとは無縁のような春の日のやさしい雨は降るだけでした

フィーネから恋がはじまりフィーネへと愛が生まれて息絶えるまで

ホントかどうかなんて

本当のことを知らずにあの人が時計みているスタバの窓辺

嘘だって真実だってどうだってレモンスカッシュやたら苦くて

変わりゆく窓の景色をわたくしにかさねているの変われないのに

潮風にゆるくカーブをきりながら言い訳ひとつ流してあげる

後悔はしないけれども秋の雲ちぎれてしまう瞬きの間に

熱はなし君の額に当てた手にすこし湿った夏の感触

どちらにも振り切ることもできなくてメトロノームの針のごとくに

夕暮れの三崎漁港は磯の香も浜焼きの香もマスク越しにて

シャルドネを開けてグラスと第四のグラフの波を一人観る夜

消えはしない

シュワシュワと気泡のような感情の込み上げてきて春の別れは

実生から育てた桜は来る年に第二の主を迎えるだろう

壁紙の汚れも床の傷跡も記憶のスーツケースに詰めて

凍えつつ荷造りをする思い出を辿るいとまもないまま我は

息継ぎのないまま泳ぐクロールのような時間が続いてゆけり

点滅を正直者は渡れずに横断歩道の向こうとこちら

深々と頭を下げし三月の二十九日の比治山の夜

ふるさとを捨てるにあらず故郷を思い出すためしばしの別れ

焼山の彼岸桜は人知れず咲いただろうか雨つぶに耐え

要するに不器用なのだ置いてきた未練もろとも新しき地へ

ひとまずはここでよかろう仮住まい見下ろす街に風舞い立ちぬ

一人称の季節

もう何も失うものはないはずと見やれば白き墾道《はりみち》の花

山肌を染める今年の秋もまた一途に燃えて雨に散るだけ

鬼灯を鳴らすくちもと亡き母を真似てかすかな秋のおとずれ

覗き込む川の深さをはかりかねあとずさりする遠き日の夢

雪中に花咲き匂う清絶の一人称の母の季節か

ぬかるみの雪解け道に濁点を打ってずんずん春に行くなり

並ぶとも交わるはずなき人生の夏　夕暮れてカンバス重い

転々と寝返りうてば窓のそと心残りの月欠けたまま

消えかけてまた呼び覚ます闇のなか金平糖はゆっくり溶ける

飛べなくていい

山眠る貴女も眠るやすらかにめぐる季節の訪れるまで

道の草食む犬連れてひとりいるまだひと春の過ぎゆく頃に

亡き母の息吹を受けしかねこやなぎ花瓶の中で強き根を張る

いつの間にはじけて白きネコヤナギ遺影の前で問わずがたりす

去年の春思い起こせば母子草ななくさ言えず笑われしこと

薄墨の空にとんびの低く飛び母の乳房の温み恋しき

つかむたび崩れてしまう残像をなお求めるか飛べないこの羽

この羽は飛べなくていいここにいて向かい風受け負けないでいる

白い街はかすてらの夜

背伸びするその身の丈のその先へ尺取り虫は伸びきって死す

夜明けには白い街から消えるだろう私のちいさな詩だけを残し

夢の中つかめないまま正体をつかもうとして躓く林檎

彩りのコートを羽織りかすてらの夜はたちまちクラクラあまい

小雨降り続く中にもまっすぐな水仙どこかよそよそしくて

着飾って一夜かぎりのかすていらダンスホールはまぶしいだけの

倦怠をワインに少し混ぜながらかすかな歌は夜を咲かせる

ラ・ボエーム薫りも高き一滴の不幸を背負ってかすてらの夜

つま先をすり抜けた夢追いかけて白い街には懐かしき影

屈折の夕日

おとなびた顔する犬と差し向かい手酌している一周忌の夜

鉄棒に一羽とまりて我をみる雀すずめよまた陽が沈む

寄せ返す波は静まりやがてまた辿り着くまで我のつまさき

今度また連絡すると二人してあれから確か花梨は白い

秋だなあ云うてしみじみ鈴虫の音も染みわたるわれの夕べは

屈折の夕日くぐれば居酒屋の秀さんとかに会える気がする

川岸の柳は自由の追い風を摑まえている誇らしそうに

おどけては鬼さんこちら目隠しのいつしか解かれ眩しき孤独

もう一度眠るがごとく閉じられた瞼それから泪が伝う

大庭山きみとわれとのあおいろが透けて眩しい枯れ木のむこう

コルクが堅い

見覚えのないわたくしのあおぞらをアサギマダラが過る　ふたたび

ふるさとの道を灯して彼岸花めぐり逢う日の約束のまま

中秋のセンチメンタルジャーニーと言ってしまえばそれだけのこと

木枯らしに負けないでいる真っ白な一羽の鳥がたたずむほとり

求めても得られないゆえ追いかけて腕の温もりどこまでも冬

帰りたいと鳴いているのはぼろぎれでボクらの歌はただいかれてる

あれは鳩　クックぽっぽと呼ばれたら餌もないのにやってくるんだ

逃げ出して走れ　このまま魂を売るくらいなら。いかれた頭

またひとつ年を取りしが祝杯のワインのコルクが堅くてあかん

疑惑それから

梅干しと焼き海苔だけで他愛なく胃袋てなずけられているきみ

春楡の梢のうえをすぎてゆく疑惑のような雲がいとしい

再会の理由をリュックに背負いつつ降りる夕日の七番ホーム

悪いのはあなたではなくフルボトル転がりしままゆうべのかたち

謀られてしずかに落ちた川底の金魚は吐息を数えてねむる

あまた夜の湯船に疑惑の広がりてシャボンとともに吹き飛ばせたら

月は影、影は抒情に寄り添いてイフと言う名の闇にただよう

短夜にツルゲーネフをしばし読みきみは小指に口づけている

鉄板にうすく自在に伸ばしたるオリーブオイルの一滴、序章

第二章　リピート

母のいた丘

太陽と月と星くずその間からこぼれた花の旅がはじまる
ほのかなる痛みとなりしゆえ母のゴースフォードは遠い追憶

見送りし客船かすみやるせなくスカーフ揺れた穢れなき日の

戻れないと知りつつラストダンスまで踊り続けていた赤い靴

さよならと船の灯りが消えていく港見おろすだんだん畑

花文字のサイン震える指先で丘のチャペルの最後の花嫁
ふるさとを離れる勇気ないままにシロツメグサを編みつつ母は
訪れる者なき丘に佇めば小雪のように花びらが舞う

忘れ水

忘れ水にさまよう秋の蛍さえ通う夢路のあると思えば
約束をしないままでも再会はいつか流れの果てになりても

踏まれてもしなやかに返す萱のごと母を腕に抱きてぞ泣く

たわみつつ軋ませながらこの痛みいつか現もなくなるでしょう

鋸くずの匂いかすかに亡き父の十七回忌に鉛筆削る

瀬戸内のだんだん畑も少年の背負い籠にも夕陽は沈む

秋風に母のぬくもり恋いたれば忘れた月日がからんと鳴った

筑前煮は味もそれぞれ幸せの味もそれぞれ噛みしめるだけ

音無しの瀧へと続く山道を君と歩きしあじさいの頃

山道の歩き方説く君の手を頼りに一歩一歩を踏んで

今日、向かい風

いつの間に生まれていたか燕の子今年は名前つけてみようか

つばくろの旅立ちの朝知らずして空の巣急に大きく見ゆる

喉ごしにコーラはじけていたりしが一緒に溶けてしまえよいっそ

顔をあげ風に向かってみる景色この一瞬が守るべきとき

殺伐とただ世の中はサツバツと恋しきものは涙の温もり

今はまだ我が問い壁にはね返り北窓の開く時待つばかり

雪だるま夕日に抱かれ偽りの目だけを残し崩れてゆきぬ

銀色の雨に濡れつつ差し掛けた傘は無言の拒絶のなかで

むき出しの敵意ごろごろほろ苦いマーマレードで目覚めた朝は

覚悟きめされど四面楚歌のなかいつかみておれ今日、向かい風

プロビデンス

ただ話し相手を探しているような頬杖の先「理想」が暮れた

溶け出した水平線にアクセルをふかして夏は始まれるかな

青春にみのり許すかまぼろしのプロビデンスの丘に降る花

それぞれの道しるべにはあれこれと言い訳色のインクがにじむ

ひまわりのトートバッグに詰め込んだ第一頁が駈け出してゆく

偶然の糸たぐり寄せ結びてもなおあたら夜の月は沈みぬ

われもまたくったくのないものとなり小春日和に忘れられたい

いっぱいのごはんをよそいそしてまた命題ひとつ飲み込んでいる

さとやまをいぬも歩けばしあわせのススキの穂越しのきみが手をふる

牛蒡には牛蒡のかおりするとして吾は帰るなり車を飛ばし

綿菓子の夢

「とき子」とう名を呼んでみる朝焼けの空にはやさしい月がいるだけ

どこまでも夢追いかけて食らうだけ食らう他なき綿菓子ゆえに

いいときをありがとうそのかすかなる声だけ遺しつわぶきの雨

黄昏のたゆたう色を見てしより飛ぶことのない鳥のごときか

たらちねの笑顔の母の一葉の幾度と返るわれの原点

青空は雨に洗われ田舎道白いクーペをおいかけてくる

墓園へと続く道あり　せせらぎの林を抜けて稲田を過ぎて

あと何年帰れるだろうヤマツツジひっそりと咲き迎えてくれる

手桶から汲み出す水に映る空だれかがそっと覗いた気がして

アルミ缶の夜

ひとかけのニンニク皿に転がるをトゥーランドット聴きつつ回す

空き缶に詰めておけない追憶があふれて夜はうつらうつ更ける

アルミ缶潰して過ごすまんまるの月夜にわれも吠えてみましを

アルミ缶にイナバウアーをさせながら誰も寝てはならぬと歌う

人という漢字は支え合うものと誰が言ったか頼みなきこと

蓄えの底を見た日は父真似て鳥打帽を斜めに被る

物乞いに恵んで釣り銭くれというこどものころの母の思い出

ひぐらしの声を背に受けとぼとぼとつまりは母に会いたいだけと

冬のやまざくら

冬ざれの小道寄り道もう一度想うてみてもよいかもしれぬ

風をいたみ屋根うつ雨の今宵また負けたらあかん云うてポチポチ

心あてに打てば木魂のうれしさもありやなしやの湯殿にひとり

不幸とかしあわせだとか一人寝の枕もとにも朝ぼらけかな

山尾根の立ち木の淵にぶらさがる蜘蛛の静かさ嵐が近づく

秋の庭悲しからずや紫陽花はいちりん残りて色移ろわず

虫の音とワインの赤が溶けていくこの空間に潜むわたくし

もう秋と指さす先の置き去りのすだれ越しには十六夜の影

残り葉のすべて嵐に散りたるも海に向かいて冬やまざくら

ブラスバンドの恋

水しぶきあげた夏の日いっぴきの蛙のねむり覚まして二人

全身に流した汗も競争の見よう見まねのフレンチホルン

純粋が制服を着て校庭を翔けぬけてゆく五線譜に風

灰ヶ峰三津田賛歌はこだまして応援団の太鼓とともに

夕暮れの音楽室は勉学と恋の普遍に揺れて春秋

四分音符やすみやすみの一拍をタクトの先が苛立ちながら

腹筋とロングトーンに落ちこぼれ泪こぼれてやまず黄昏れ

憧れの人を追いかけ受験する動機は不純と言えるけれども

告白をさらりとかわし前髪のおぼろ耀う初恋の人

そこにある叙情の林檎をもぎ取ってひとくちかじる君は青春

決められたスタートラインをそれぞれの合図でゴール目指しそれから

エロスの国のアリス

よろめいてちょいとぶつかり姐さんの赤いけだしに弱りもぞする

時駆けるウサギに追われ捕まりて消えては浮かぶ沖つ白波

義理立てはおよしなさいな手放してみればかるがる命ともがな

忘らるる身をば沈める浮世絵の街に降り積む滅びの呪文

歌麿の夢に契りし胸のうち明かす自由に濡れもこそすれ

捨てられて心のひだもキリギリス咽び泣く世の惜しくもあるかな

不幸ではないしこのまま一人寝の枕もとにも朝ぼらけかな

小夜更けてわれにやさしく口づけをイマジンまとうエロスのアリス

第三章　ダルセーニョ

暗闇にカエルが笑う

記憶ってどこへゆくのかあの丘の上に開いた花火のような
里山のトンネルいくつ潜り抜け雨の匂いの記憶まぶしい

目の前が真っ暗になる瞬間もいつしか忘れカエルが笑う

この先は見ないでいいと言うようにカエルの両目はぐるりと閉じる

側にいるずっといるからこの先もさみしくないと言った先から

転んでも誰も助けてくれないと白い花びら踏みつけながら

ハナミズキは雨に濡れつつ多摩川の流れを暗く見つめておった

ＡＩに虐げられた者たちの末路に咲いたタンポポひとつ

この春を生きてすなわちモクレンの並木をゆけば笑い声する

ソーダとSo in love

パチパチとソーダの炭酸わたくしを威嚇するかのように弾ける

飲み干してしまえ今宵は何もかも刺激が喉を叩くけれども

またひとつ記憶の襞から柚子の香が込み上げてくるソーダとともに

日曜の夜が終わればSo in love 非日常の余韻残して

後悔はしないと言ったら嘘になるあの日わたしの「ある愛の詩」

「帰らざる河」は流れる金の街わたしの欲も深くどこまで

炭酸が抜けてしまえば何だろうただの水ではないはずだけど

夢中とは夢の中なりソーダ水弾けていたころ何も知らずに

忘れない父母の横顔ブラウン管の向こうにみえた本当のこと

六月のワインはf分の一ゆらぎ

少しだけこっちを見てよと言えなくてイングリッシュ・ローズの小路

長き夜を注いでゆけば六月のドレスにこぼしたワイン一滴

散歩道つと触れてみる後ろ手の夏白菊の花びら可憐

着陸のエンジン音を聞きながらデッキチェアーはｆ分の一

コテージのカーテン越しにいっぴきの小犬と話す君をみている

ひまわりと太陽みたいにこの夏はずっとあなたに視線くぎづけ

埋まらない隙間を嘘で満たそうか球根の芽も出ないこの春

出会うべく約束されていたというかすか唇動くのを読む

りんごの詩

運命を値踏みしているかのように花托ふくらむときのすべなさ

答えてはくれないけれどもう一度呼んで夜更けの何か焦燥

亡き父が帰りを待っているようでノウゼンカズラが手招く小道

タナトスに魅入られしこと知らぬまま父の車に乗りたる我は

正直と不器用という修飾をまくらに眠る父との別れ

斎場の乾風に立ちてなにとなく写楽さながら踏みしめている

冬薔薇お悔やみのなか耐えている憐憫という漢字書きつつ

不揃いにいつの間にやら伸びていた爪を見つめる初七日の朝

ワイシャツもハンチング帽も捨てがたく街を輪郭なくして歩く

思い出は癒ゆれど果てなし親というものになれずに未だ生きおり

メタファーをひとつ吐き出し饒舌の林檎が樹から離れる明日

土のうえ転がり落ちて感触を味わっている可愛いやりんご

かぼちゃの漬物

石塀小路もみじ葉褪せて吹き溜まり気づけば二十余年のむかし
鴨蕎麦をすすり飲み干すだし汁になお心地よき「おおきに」云われ

犬描く西陣織のカレンダー嬉々とし選ぶ君をみている

やがて冬ひと日過ぎれば底冷えて懐かしいのはかぼちゃの漬物

柴漬けに壬生菜水茄子とりどりの味わいもあり日常もあり

ひとりだけ残る覚悟の朝ぼらけ深泥池はいまだ暗くて

ゆく年もくる年もなく蕎麦もなく冷たい布団の中で年越し

繰り言も三回までが限度かな窓の外には煩悩の雪

二十年先のわが身にならぬよう言い聞かせつつ雪道歩く

姫貞江ちゃん次に逢うのはいつになる春には家に来るいうけれど

北大路へ来たみち帰る元旦にひとついのちの温もり背負い

千年の歴史は非凡のふきだまりめでためでたの獅子舞がゆく

恋もたそがれ

誰もみな消えて茶の間はしらしらと浴びる湯殿もただひとりなり

破滅へと誘う腰つきジプシーのようなあなたの夜はあふれて

カンバスに描ききれないまま散った薔薇は無数の夢を見ている

毎年の便りも途絶えウナ・セラ・ディ巷に消えてしまったかしら

どこまでも平行線を追いかけるだけと知りつつ恋はたそがれ

振り向きもせずに強気の青春はポニーテールにピンクのりぼん

オリーブの花咲くころに逢いましょう文したためる夢のあとさき

リアル

一夜干しほどよき酔いのその先に一人歩いた八戸の夜

人生はそれほどまでに酷じゃないと思う端から雨も土砂降り

この誘い邪心はないと知りながらそらした視線の先に満月

宵風に頬をなでられ細胞のもっと深くのおんな目覚める

雷鳴が通り過ぎれば蟬時雨せかされるかのようなひと日に

玄関の物言いたげなヒマワリを残像にして今日もこれから

知らぬ間に受けた憎しみ振り返るラピスラズリを握りしめつつ

一本の線香花火を人知れず見守るように消えゆく後も

つかの間を市井に生きるいっぴきの柴犬ほえて走るゆうぐれ

噛みごたえのないトーストとわれがいて値上げのニュースを咀嚼している

ライフワーク

灰色の馬が天から降りてきてドラムを叩くロシアのあたり

君たちの目指す先にはあおざめた眠りの惑星ほろびの予感

ヒトのふりをした人間がもやもやと紛いの国の軍隊になる

ヒロシマを忘れないから百メーター道路に歌う花のパレード

使命とか大げさなれど文系のわれも役立つときが今なら

全国に散らばる二万の作業者の生涯を追うライフワークは

とつとつと語る思いを受け止める原発作業の従事者たちの

十人の猛者をたばねる長ありて額の皺のふかくどこまで

アリス・イン・ザ・シティ

芽生えたる心の闇に落ちながら不思議の国の悲哀みている

追いかけしウサギが野行き標野ゆきアリスは見ずや忍ぶ恋降る

ひと口で不意に大きくなる夢の終りはいつも無限の憂い

笑いだけ残し消えゆく猫などに何をか頼む空しいだけと

ぬぐえどもなおまみれゆく欲望の涙の海におぼれてゆきぬ

そそのかす装い今日は帽子屋のお茶会よりも狂ってみたし

もしや春ネムリネズミのひとときにぶどう酒そそぐ三月うさぎ

罪問わば白と黒とを読み違え首を覚悟のジャックとなりぬ

どこまでも風の方角追う鳥のようにならぬとアリスの誓い

第四章　トゥ・コーダ

口笛はならない

口笛はならないけれど千代さんはいつまでもただ口をすぼめて

千代さんの大島紬はしゃりしゃりと山鳩色のけだしがのぞく

残高もさびしくなれば秋の空着の身着のまま寅さんになる

今日もまた何しよったとのたまいて父を叱っておった千代さん

さかさまの雲がひゅんひゅん唸るからあの日コートのポケットひとつ

居る場所をさがしていたかころがりて父は石ころ心ぼろぼろ

たそがれに母は慟哭ひとの手に棺ゆだねて死を見送れる

大切なものほど壊れやすくまたひとつ欠けたる月のおもかげ

おにぎりとモクレン

サンザシの実を待ちわびて逝きし人のほのかに紅き唇想う

切なさを隠せぬままに八月の雨を抱きしめどこへもゆかぬ

月の出に足止めてみる冬の夜のわたくしだけの野外劇場

結んでも留めてはおけず山の端に沈む月には母の残像

見送りの母の帽子は遠ざかり関西空港あの日梅雨入り

薄々と溶けてゆきけりモクレンの白きかたちは母のまぼろし

里山にまたモクレンの淡く咲き母の思い出遠くなりゆく

寒いからボタンを留めてという声がよみがえる朝小雪ちらちら

母と娘の少し隙間もあるけれど降りておいでよごはんの時間
母さんのたなごころから生まれたる日の本一のおにぎりの味

ストックは無い

赤い実はゆらり入り日にコテージのウッドデッキにキャメルの香り

過去という夕べ煙にむせていたキャメルはだから云わんこっちゃない

文字盤も針も違えどさらさらと二つの影は寄り添いながら

帰らざる秋にこのまま星つむぎいつかベッドのコイルに沈む

ストックは無いとう胸を探りつつリラの花咲くころに歌人は

だからこそ愛しちゃったの命がけいつか誰かに云うた気がする
たとえれば雲ゆっくりと人知れずニーズのないまま流れていたい
あかがねの色に染められあいまいが重くつぶれて我の影ごと

リモコンそれとなく仕事

地下鉄を乗り継ぎ深く潜り込みりんかい線はくじらのお腹

東雲にくじらの腹から泳ぎ出る電車に乗って湾岸をゆく

操られあやつることも忘れかけ早く単三電池を入れよ

リモコンとジャックナイフを両の手に持って睦月の狂気が過ぎる

リモコンのスイッチ入れてアカシアの雨にないてる抜け殻ひとつ

ざわめきも電話のベルもない部屋にひとり逃げたくなる月曜日

見通しもきかないままにレンコンを食んで火曜日遅い夕食

ほんとうの苦労はだれも知らなくてひとり抱えて夜の深酒

あお深きゆえに

病さえ通過点ならこのからだ時計の針に寄り添いながら

いつわりの刹那に我の後悔はやがて満潮溺れておりぬ

ままならぬことだらけゆえ東の空に滲んだ星がいとしい

親不知どこか落としてきたような路地に私のひとつ何かが

片隅に残る暗雲見えぬふり二人と一匹行く旅の空

胸板の厚みの奥に鼓動聞く不規則なるを目を閉じて聞く

放たれた犬夢見るかジャスミンのアーチの上を雲に見立てて

貸したままかえってこない一冊のサガンの跡が残る青春

あお深きゆえにためらう空が今まぶしきほどの夕陽に染まる

箏の音と鳰の湖に

ただ一羽そらと湖にもなれずして鳰は夕日に溶かされてゆく

十七の絃に渇望こめながら音の序破急さがし求める

苦しいと気づいたときは遅すぎて音符の羅列に巻かれいるなり

ゆるやかな息に合わせた崩壊のらせん階段スローモーション

浜一面につるされているスルメイカ行き場もなくてわれは旅人

右脇のタトゥも露わにファミレスでホメロスを読む見知らぬ女

走りだす犬の泥足追いかける軒のつららの溶けだすほうへ

透き通るこの紙一重の世の中をワンと一声ありのまま行く

泣きそうな犬がいっぴき今どきの「映える」カフェーで座っておった

いまさらに母のさみしさ身にしみて路銀の要らぬ旅もよいかな

わたしの軍師

短パンの素足はやぶ蚊の餌食かと見かねてそっと痒み止め置く

あんぱんと珈琲片手に戦略を授けてくれるわたしの軍師

ほんのりとグラスに残し去ってゆくきみの煙草と軽い屈折

寝過ごして小田原駅まで行きましたと朝のメールは爽やかすぎて

シニカルにばっさり論破するきみは黒いマスクの軍師官兵衛

青春を過ごした国の君主逝き時代がひとつ終りを告げる

取り出せばすこし湿気たる焼き海苔に忘れた日々の長さを思う

湘南のまぶしき海にさらされて小暗き我は霞んでゆけり

冬の陽にポインセチアの赤い葉はわれの命を欲するごとく

つれづれ

偏差値をひたすら競った同窓の集まる顔の皺はおなじに

懐かしさを超えて突然あふれだす泪のふちを漂うばかり

源はどこにあるかと棹させば小魚いっぴき撥ねて啓蟄

校庭に風が走った桃色の私が編んだマフラー巻いて

チョコチップクッキー割って一かけを下さい落としてしまわぬうちに

すぐにまた会えるといったあのひとも卒業式から会えず還暦

どうしたの苛められたの悲しいの覗き込む目の茶色の向こう

乾杯のロゼをひとくち含むたび躓いた日の思い出遠く

慰めはいらないせめていまはただ小さな海におぼれていたい

君が言う霞んでいるとぽつり云う桜吹雪もこれで見納め

相棒

負けん気で手に入れ十万キロ走り気がつけばもう君は相棒

ウィンカー出せないままのわたくしを嘲笑うかにカモメがよぎる

山道を照らすライトも頼もしくまるで父母乗せているよう

凍てついた指で払えばワイパーにまたも木枯らし冬タイヤ履く

君を得てこの身ゆだねしハンドルを切ればば一年まぼろしとなる

雪道を走った夜もひとりきりローギアの効き確かめながら

濡れそぼち待っているのはわたくしの銀色の影たのもしき足

迷い道ゆえに手さぐりミラーには夕日のサインに背中を押され

つまり冬、身を切るような決心をすれば浮かびぬ母のおもかげ

手放すと思うてみればやはりまた折れるこころの小枝がぽろり

憧憬の視線を受けて走り去る赤いシートの手触り惜しむ

物であり物でないから感情のタコメーターは振り切れたまま

無理だろうと言われ涙を堪えたるあの日愛する車が泣いた

愛車との別れを思う曲線を撫でて消えない傷の手触り

君なしで走るこれから高揚のエンジン音を思い出にして

第五章　ダ・カーポ

震えて歌え

振り出しに戻りダ・カーポ気がつけばタクトのないまま会議は続く

どどどっと押し寄せている感情の波に漂い寡黙にひとり

良いこともあったと思えば碁盤の目の黒も白へと変えられるから

思い出の白菜の味だせなくて未だすすっている玉杓子

何もまだ変わっておらぬあの日より白い陶器は語ることなく

あくびする犬に誘われ転がりぬひとつ心のかなう朝まで

リズム取るどこかはずれて間の抜けしタンゴ踏み出す君と我との

さまざまに星をあしらいたる夜にイヴォンヌやがて崩れて眠る

夕暮れにああ線香のけぶりゆき夢ちる春に震えて歌え

わんの詠む歌

生きていることの喜びしっぽまでお前のように私もなりたい

おつまみを持ってきたよと雨あがり空は茜に枝豆うまし

ぴょんぴょんと欲しがる犬になあお前これやる代わりひとつ詠まんか

もうひとつこれでおしまいそらやるぞ舌舐めずりに夜は更けゆく

山稜の窓に青空しばらくは心配いらぬワンと詠みおり

われ帰る夜霧ながれてひたすらに腹をすかしたおまえのもとに

約束はいつも守れず自責する心を嗅ぐのか黒い鼻先

夕暮れに金木犀の匂い立ち見上げるともなく立ち止まるきみ

顎をのせまどろんでいるクッションもソファもすべておまえのものに

若き日のかわいさ残す鼻づらはスヌーピーより人気者なり

サクラとの日々

いつまでも童顔のまま老いてゆくミックス犬と共にいた日々

坂道を一歩一歩これからもおまえと歩く尻尾のうしろ

食ほそりやせた背中を撫でつ撫でつ老いる速さにわれ追いつかず

雲かかる九月の山を駈けることなくわが犬のまなこ濁れり

足先の冷たさだけが覚醒の午前二時過ぎ動詞が笑う

物言わず身を震わせる愛犬の温みは残るこの腕のなか

後足立てぬと言うて鳴く声に幾夜ねざめぬわんこの介護

悲しげな声を残してゆく朝の待っててサクラすぐ帰るけん

逝く朝に彼岸桜は膨らめど咲いた姿をみせてはやれず

砂が泣き風が笑ったそんな日もあった静かに目を閉じる君

秋桜の種は

七月のただなにとなくぬくみゆく皮膚に手触れよ少年のまま

秒針のスローな夜はケイタイを抱き背中の明日を待ちたり

虹かかる嵐のあとの始まりの夏を待ちつつ思いは募り

くちびるへワインを運ぶ指先も見透かされつつ染まりてゆきぬ

細胞の膜は弾かれ果てしなく溶けてゆくなり小さきかたち

帰ろうと言えば長かったなぁと太陽のありし景色に思いめぐらし

セイリング乾いた風を受けながら君が光に影と寄り添う

小鹿田焼のカンナ模様に浮かびくる君との旅の思い出ひとつ

台本のない物語はじまりぬ向かい合わせのこの座席から

思い出をみつめたままの秋桜の空を遠くに飛ばしてひとり

何もかもなかったように秋桜の種は旅する風の森へと

アンタ、綾子のなんなのサ

過去という煙にむせていたりしがフィリップモリスのロゴは白抜き

噴水のライトアップも消えてゆき吸い殻のなか君はいつまで

あれは春　軽い口笛ひゅるりんとかなり背伸びのカブリオレから

息をのむほどのまぶしさ若さとはサングラスからこぼれいる笑み

ふたことと四つ視線を交わしたる五月の空はシルクスクリーン

やがて夏　上目遣いに膝を抱きかばんに詰めて行けなんて言う

三年も前のことなど忘却と云うてヨコハマ白を切る午後

変わりゆく男の背の表情にどこか捩れた叙情が憩う

八月は声を枯らして鳴きながら奪われてゆく魂までも

いつの日か戻せるだろうこうやって拾ってゆけば夕日のピース

そう云えばアンタ綾子の何なのサ蒼い月夜にしっぽが揺れた

ペンギンの野望

目が合って手に取るペンギンどれよりも唯一無二だと誤解のむむむ
なるようになると思えば恐竜の化石も動きだすかもしれぬ

ペンギンはアットマークの群れを追うわれの叙情をくすぐりながら

くちびるの形のままに描きしが筆は野望のままにはみ出し

アン・カフェをしばし求めてゆきしまま帰って来ないそうだひでさん

追憶は新橋駅のモクモクを横目にみながら近大マグロ

大切なきみまで失いそうだから風にあらがい来るにはきたが

飛ぶ鳥も飛べない鳥もとりあえず助走はしてみる悔いなきように

またひとつ宿る焔で身をこがし滅びゆくなり芍薬の花

淡淡し雪はあなたという孤独連れて優しく街騒に降る

諍いののちの部屋にはぼんやりと揺れる月ありただ膝を抱く

明星はまだ明け初めし東の空に消えゆくのみと知りつつ

鎖骨のあたり

せせらぎがこぼれるような熊笹の谷にわたしを置き去りにする

たいらかな里に父母眠りなば通り雨降るひと日たそがれ

風運ぶ金木犀の香にも似た母のさみしさ思うてみたり

伊予がすり四つ身をたくしお馬さんごっこねだりしわれの思い出

信じとる。声も静かに言う父のかくまでさみし濁りなき目は

父母の笑顔いまこそ欲しけれど思い出せずに初雪のふる

枯れ枝の紅葉も凍てしわが冬を暖めなおす添い寝の夜は

朝凪に気だるき汗をにじませているとうめいな鎖骨のあたり

漕ぐ船は桟橋もどきを離れ出であいまいになる記憶くちづけ
ためらいはむしろ衝動まだ残るかさぶた無理に引っ張ってみる

存在

イヴォンヌと呼んでみる名も十五夜もいつしか街のネオンに消えた

朝もやに金木犀の花びらを踏みてゆく日の嵐の予感

みじか夜に膨れし想いはんなりと残りて花のさらに重たし
めらめらと燃ゆる枯れ木に火のようなわれのこころをなだめすかして
リラの咲く丘は遠くてゆかれませんいつもの場所で言い訳ひとつ

言い訳の小石をひとつ見つけては落としてみたり冬ざれの池

美しく風は奏でるエチュードのようにあなたと共に歩む日

移ろえる歌の狭間にひっそりと秒針だけが動いていたり

忘れてはいないけれども小雨ふるウッドデッキはあんまり遠い

ためいきをひとつ吐き出し弱かったからと甘えているのいつまで

砂浜に許されることを待ちながら私の影が埋もれてゆきぬ

もうひとつ道は続いていたはずと振り向けばただ風の中なり

ゴドーを待ちながら

永遠の未完成から完成へ果てない夢に歌人は暮れた

追い越され追いかけてゆく「時」というこの果てしなき道に吹く風

思惑に疲れし頃のわれがいて見て見ぬふりのあなたが暮れる

マグダラの蜜をもとめて飢えふかき蝶はゆっくり羽をひろげる

花は咲き夏樹の下に置かれたるベンチはなにを告げようとして

バス停に黒い何かが走ったと歌人のまなこの裏のまた裏

咲かせても褪せる花ゆえ凍らせて待っているのかゴドーは来ない

苔色のスカーフ巻いたひでさんがゴドーはついに来たのかという

わだつみの言づていだきわたくしはどこへもゆかず夕日に歌う

あとがき

私の短歌の歴史は、『夢歌人』との出会いから始まる。甲村秀雄氏の第三歌集である。それまで、歌を詠むなど考えたこともなかったが、平成十八年四月、甲村氏が代表をつとめる「短歌工房ナイル」の広島支部の同人であった故川西安代さんからこの歌集をいただいたのがきっかけとなった。「石邉さん、短歌は何も難しいことはなくて、紙と鉛筆があれば誰でもできるのだから、やってみない?」とかなり気楽な感じのお誘いであったが、素直な私は、その日のうちに結社の申込み用紙に記入し、人生初の短歌を作り、川西さんに送ったのである。それ以降、甲村氏の不思議な歌の数々が私をここまで導いたといっても過言ではない。

短歌結社誌「ナイル」は月刊で、締め切りに追われつつも提出した歌が活字となって掲載されて届くのが待ち遠しく、表紙の色味が毎月変わるのも楽しみだった。また、毎年夏には、静岡や愛知で二泊三日の全国大会が開催され、これに参加すると、朝から晩まで歌会が続き、その間に代表の講演を拝聴できる。夕食は各地の同人とお酒も入っての宴席となり、良くも悪くも侃々諤々、意見を交わしあった。大抵、事件はそこで起こり、大事なことはそこで話された。

そのうち、私は編集長でもある甲村代表から、誌面に掲載するエッセイや批評文など、毎年、数回は原稿を依頼されるようになった。それは、おおかた、仕事がピークのときで、しかも依頼のテーマは「自由」。おまけに、締切りが極端に短くて、私は、毎回、編集長への復讐心を燃やしつつ、シリーズの題名を「不思議の国の歌人―甲村秀雄」として、ほぼ不眠で原稿を仕上げて送ることもあった。そのお返しなのか、編集委員という名目もいただき、一頁の連載枠やあとがきなど毎月のノルマに加えて、特集号の原稿など確実に任務は増えたが、地方にいながら結社の運営に微力ながら役立つことは嬉しかった。そんな、公私多忙な頃の自身の歌はというと、十分にかまってやれなかった分、栄養が足りていない歌が多い。けれども、私は、甲村氏とお会いするたび、また電話で会話するたびに、香川進との逸話や「地中海」時代のこと、ナイルの将来などの熱弁を記憶にとどめて、師を知る手がかりや文章の材料に使わせてもらっていたら、あるとき、代表から、段ボール十箱あまりが届いた。短歌雑誌などご自身の作品の掲載誌だった。私がそれをつぶさに調べ、作品を全部抜き出して、歌集のためにまとめてくれるだろうことを期待されているのではと推測し、真意を尋ねると、「だいたい正解だ」とのこと。

おかげで、その作業により、いつしか甲村秀雄の短歌の不思議を掘り下げ、それがどこからくるものかを探るのがルーティンとなった。甲村氏の作品は、鑑賞する者には極めて不親切な表現にもかかわらず、より自由な展開が許されていることも魅力のひとつなのかもしれない。しかし、私はいまでも、当人はそんな計算など何も施さないで歌っていたのではなかろうか、と疑っている。

平成三十年の冬、私は転職で広島から神奈川に居を移すことが決まり、それを甲村代表に報告した。「こちらに来れば、もっと多様な出会いもあり短歌の世界が広がるから。君のためには本当に良かったね。」と、禁煙の喫茶店で煙草を我慢しながら、コーヒーをすすっていた姿がいまでも忘れられない。

ところで、甲村秀雄の命ともいうべき「ナイル」は、前田夕暮、香川進の流れを受け、平成九年に設立された。創刊から二十余年、通巻二七六号の発行を見届け、甲村氏が自ら代表を降りたのち、続いて、令和三年五月、私も大きな喪失感とともに「ナイル」での役目を終えることとした。その半年前、新生「現代短歌ナイル」の船出ということで、通巻二七七号の編集に携わり、「地中海」に「思ひ出」(Vol.37/No.11,1989) として掲載された三首と、短歌様式について述べた甲村氏の文章を餞として誌面に組み込ませていただいた。

現在は、塔短歌会に入会し、また甲村秀雄と氷室敬子両歌人のご子息である甲村雅俊さんの「ぱとす短歌会」にも作品を送っている。一昨年、氷室さんより、「石還さんも歌集を出さなくてはね。」とエールを贈られたのを機に、それまでの自分への言い訳をやめて、重い腰を上げることとなった。

あとがきとして冗長に過ぎたが、ここで私の第一歌集のタイトル「イヴォンヌのうた」について記しておきたい。そのためには、少し私の母のことを書かなければならない。おそらく多くの日本人が戦前から戦後にかけて辛苦を舐めたように、私の母もその時代に翻弄されながら、逞しく生き抜いた一人だった。母は、二十二歳のとき、呉に進駐していた英連邦軍の人事担当者の目にとまり、ウエイトレスとして採用された。働き者で、未知の世界に飛び込む勇気と、周囲を明るくさせる天性の素質を兼ね備えた母は、誰からも愛される人物だった。下宿先に捨て犬や、ヒヨコ、時には山羊を連れて帰っては、下宿のおばさんを驚かせたという、天真爛漫を通り越して「天然」だった母。下宿のある丘の上から呉の海を見おろし、母は毎日、そこから職場まで折りたたみの小さな自転車を漕ぎ、風を切って丘を駆けおりる。休みの日は、自分がデザインしたドレスを着てサブリナシューズを履き、映画の主人公になりきって街を歩くようなロマンチストだった母。

　そんな母に付けられたあだ名が「イヴォンヌ」だった。昭和三十一年、英連邦軍が呉の街から撤退したのち、母は父と知り合った。この第一歌集『イヴォンヌのうた』は、五十四歳で病死した最愛の父の追憶と、ナイル入会を見届けるかのように亡くなった母への思慕とを、甚だセンチメンタルに過ぎる自分勝手な思い出とともに、四三一首に託したものである。

本著発刊にあたっては、令和五年の師走の京都、私の思い出たちを歌集として面白いものにしようと出版を快くお引き受けいただき、また、過去に留まらず未来の扉を開いてくださった青磁社の永田淳氏に、心より感謝申し上げる次第である。

そして最後に、短歌を始めて以来、何度も挫折しそうになった私を遠くから見守りつつ、「短歌はやめるものではありません」と叱咤激励してくださった夢歌人、甲村秀雄氏のレーゾンデートルを各処にちりばめることで、私なりの師への恩返しをしたいと思う。

令和六年三月吉日

石邉　綾子

歌集　イヴォンヌのうた

初版発行日　二〇二四年五月二十七日
著　者　石邉綾子
川崎市宮前区宮崎六―三―九二（〒二一六―〇〇三三）
定　価　二五〇〇円
発行者　永田　淳
発行所　青磁社
京都市北区上賀茂豊田町四〇―一（〒六〇三―八〇四五）
電話　〇七五―七〇五―二八三八
振替　〇〇九四〇―二―一二四二二四
http://seijisya.com
装　幀　濱崎実幸
印刷・製本　創栄図書印刷

ISBN978-4-86198-590-4 C0092 ¥2500E